LA SEÑORA SANDRA

PEPPO

LUCA

AQUILES

© 2018 Edizioni Lapis – via Francesco Ferrara 50 – 00191 Roma, Italy
– lapis@edizionilapis.it - www.edizionilapis.it

© Ed. Cast.: Edebé, 2019
Paseo de San Juan Bosco, 62
08017 Barcelona
www.edebe.com

Publicado por acuerdo con Atlantyca S.p.A.
Título original: *Supergatta. Arriva Supergatta!*
Texto de Guido Sgardoli
Cubierta original e ilustraciones interiores de Enrico Lorenzi

Atención al cliente: 902 44 44 41
contacta@edebe.net

Directora de Publicaciones: Reina Duarte
Traducción y edición: Elena Valencia

Primera edición: febrero 2019

ISBN: 978-84-683-4066-1
Depósito legal: B. 853-2019
Impreso en España
Printed in Spain

GUIDO SGARDOLI

SUPERGATA

¡LLEGA SUPERGATA!

ILUSTRACIONES DE ENRICO LORENZI

edebé

EN LA HIERBA DEL JARDÍN SE ESCONDE
UN FEROZ DEPREDADOR.

—¡CEBOLLINA!

—¿CEBOLLINA, QUÉ HACES? —DICE ZOE—. ¿TE DIVIERTES CAZANDO CARACOLES?

DESPUÉS DE CAZAR CARACOLES, CEBOLLINA QUIERE DAR
UNA VUELTA.
PERO SALTAR LA ALAMBRADA PUEDE SER
UNA HAZAÑA COMPLICADA.

¡CLANK!

MIENTRAS TANTO, LUCA BUSCA A SU GATITO AQUILES.

—¡AQUILEEES!

—¿HAS VISTO MI GATITO? —PREGUNTA A PEPPO.
—ES MARRÓN Y NEGRO Y SE LLAMA AQUILES.

—SI LO ENCUENTRO, TE LO ARREGLO YO —DICE PEPPO.
—¿QUÉ QUIERES DECIR CON QUE LO ARREGLAS TÚ?
—QUERÍA DECIR QUE YA TE LO LLEVO YO.
ME PONGO AHORA MISMO A CAZARLO...
EJEM, ¡A BUSCARLO!

¡CUÁNTAS COSAS TIENE POR DESCUBRIR CEBOLLINA!
PERSONAS, OLORES, RUIDOS...
¡PERO ALGUNOS RUIDOS SON ALGO MOLESTOS!

¡OH! PERO ¿QUÉ SITIO ES ESTE?
UNA CASA VIEJA
EN OBRAS.

—¡CUÁNTO POLVO! MEJOR CAMBIAR DE AIRES.

¡ATCHÍS!

CEBOLLINA AHORA TIENE HAMBRE. PARA COMER
TENDRÁ QUE SALTAR DE NUEVO LA ALAMBRADA
Y VOLVER A CASA.

¡POR EL SUELO OTRA VEZ!
SUERTE QUE LA GRASA LA PROTEGE
COMO SI FUERA UN FLOTADOR.

LA COMIDA, POR FIN.
CEBOLLINA SE CONCEDE LA RECOMPENSA PERFECTA
A SUS ESFUERZOS.

CEBOLLINA SUBE SIN PRISA LOS TRES PISOS DE ESCALERA
Y SE RETIRA A SU REFUGIO: EL DESVÁN DE LA CASA.

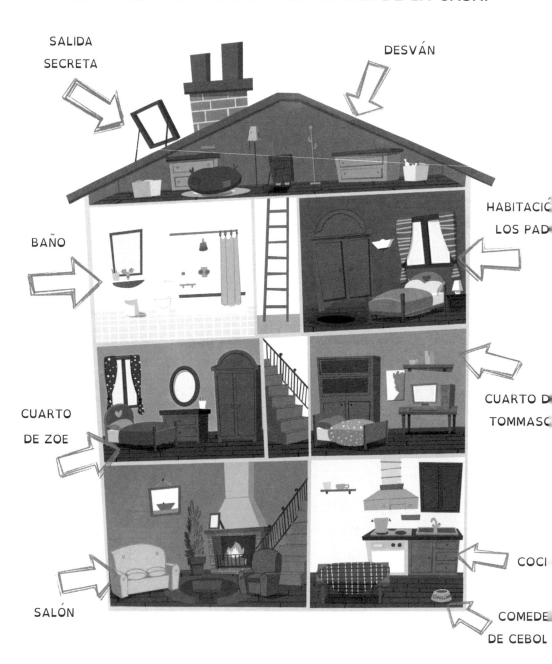

SALIDA
SECRETA

DESVÁN

HABITACIÓ
LOS PAD

BAÑO

CUARTO
DE ZOE

CUARTO D
TOMMASO

COCI

SALÓN

COMEDE
DE CEBOL

PERO LA CALMA DE LA TARDE
SE VE INTERRUMPIDA POR UNA
LLAMADA DE SOCORRO.
—MIAU... MIAUUUU...

ALGUIEN ESTÁ EN PELIGRO.
¡ES EL MOMENTO DE ENTRAR EN ACCIÓN!
¡AQUÍ ESTÁ **SUPERGATA**!

¡LA SUPERHEROÍNA DE LA CALLE ROSMARINO!

UNA PATITA
EN LA FRENTE
PARA ESCRUTAR
EL HORIZONTE.

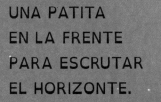

—MIAU... MIAUUU...
¡LA LLAMADA DE SOCORRO PROVIENE
DE LA CASA EN OBRAS!
EN UN MOMENTO, SUPERGATA ESTÁ SOBRE EL ANDAMIO.
¡ALEHOP!

MIENTRAS TANTO SE ACERCA UNA SOMBRA AMENAZADORA.

¡ES PEPPO! EL NIÑO TERRIBLE DE LA CALLE ROSMARINO.
—TE ATRAPARÉ, MININO —SONRÍE PEPPO.

¡JA, JA, JA!

SUPERGATA NO TIENE MIEDO A LA OSCURIDAD. A TRAVÉS
DE UNA VENTANA CON SU SUPERVISTA VISLUMBRA
AL POBRE AQUILES QUE, DESESPERADO, ¡INTENTA ESCAPAR!

¡SUPERGATA AL RESCATE!

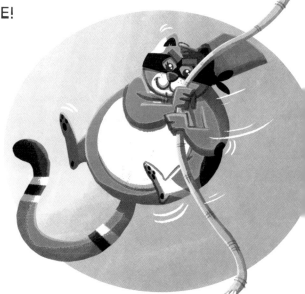

PERO AQUILES, AL VERLA, SE ASUSTA Y HUYE
EN DIRECCIÓN CONTRARIA.
—¿QUÉ TE OCURRE? —LE PREGUNTA SUPERGATA—. ¿NO
QUIERES QUE TE SALVE?

DE REPENTE SE OYE UN RUIDO DE CRISTALES ROTOS:
PEPPO HA CONSEGUIDO ENTRAR.

¡CRACK!

—¡MININOOO! —LLAMA PEPPO CON VOZ
DE BRUJA—. ¡VENNNN!

¡OH, NO! ¡AQUILES ESTÁ CORRIENDO JUSTO HACIA ÉL!
PEPPO LO ATRAPA POR EL PELO Y LO METE DENTRO
DE LA JAULA.
—¡ATRAPADO!

AUNQUE SUPERGATA SE DESLIZA
SILENCIOSA POR DETRÁS Y...
—¡AJÁ!

PERO PEPPO ES UN TIPO DURO Y CON UNA LLAVE DE JUDO
LANZA AL ADVERSARIO CONTRA LA PARED.
SUPERGATA REBOTA COMO UNA PELOTA DE GOMA
Y CHOCA CONTRA ÉL A TODA VELOCIDAD.

—¡AY, AY!
—¡BIEN MERECIDO!

SUPERGATA ABRE LA JAULA Y LIBERA A AQUILES.
—PERO... PERO ¿TÚ QUIÉN ERES? —MAÚLLA EL GATITO.
—¡SUPERGATA! ¡LA SUPERHEROÍNA DE LA CALLE ROSMARINO!

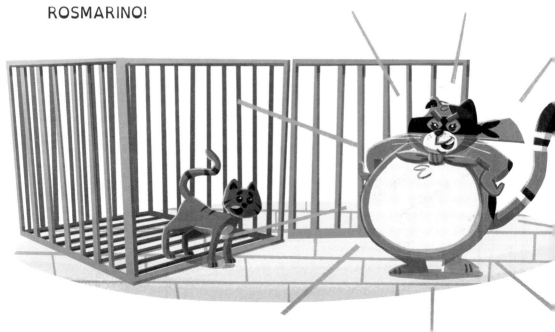

NUNCA HAY QUE JACTARSE. SUPERGATA DEBERÍA SABERLO.
AHORA HA CAÍDO ELLA EN LA TRAMPA.
—JE, JE, JE —SE CARCAJEA PEPPO.

PERO SUPERGATA TIENE MIL SOLUCIONES.
ERIZA EL PELO, HACE CRECER LA COLA Y SOPLA COMO SI
FUERA UN HURACÁN.

BUFIDO
ESCUPIDERO

—¡PUAJ! ¡QUÉ ASCO!

SUPERGATA SE LIBRERA, COLOCA LA JAULA
SOBRE UNA MESA QUE PARECE UN TRAMPOLÍN, Y
DESPUÉS SALTA CON TODO SU PESO.
—¡ALEHOP!

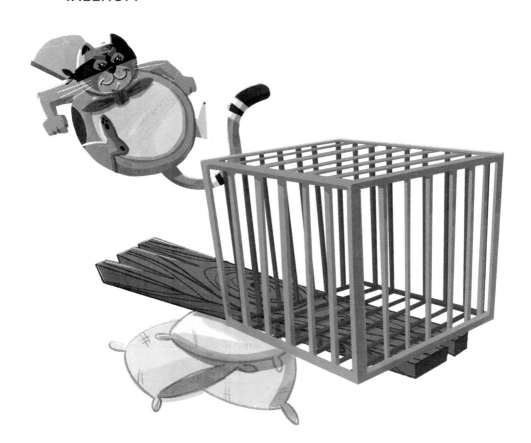

LA JAULA VUELA POR ENCIMA DE PEPPO Y LO APRISIONA.
—¡BUFFF!

SUPERGATA AGARRA A AQUILES CON LOS DIENTES.
—¡VAYÁMONOS DE AQUÍ! ¡RÁPIDO!

UNA CUERDA ES LO IDEAL PARA SALIR.
EL PESO DEL CUBO ELEVA A LOS DOS GATOS POR LOS AIRES,
COMO EN UN VELOCÍSIMO ASCENSOR.
Y LA VENTANA ROTA POR PEPPO ESTÁ JUSTO ALLÍ,
DELANTE DE ELLOS.
—¡VIVA! ¡ESTAMOS FUERA!

LUCA HA OÍDO RUIDOS EN LA CASA
Y HA IDO A VER QUÉ OCURRÍA. TAMBIÉN ESTÁ ZOE CON ÉL.

DEL TOBOGÁN PARA
LOS ESCOMBROS BAJA ALGO.
—¡YUJUUU! —GRITA SUPERGATA
CON LA CAPA AL VIENTO.

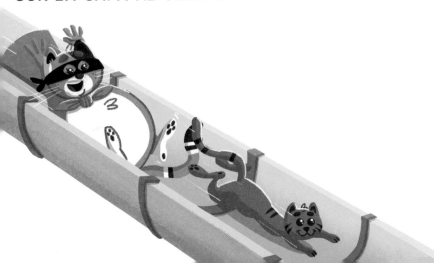

—¡QUÉ DIVERTIDO! —EXCLAMA AQUILES—. ¿REPETIMOS?
—¡HOY NO, PEQUEÑÍN!

CON UN PAR DE CABRIOLAS, ATERRIZAN DELANTE DE LUCA,
QUE MIRA LA ESCENA CON LA BOCA ABIERTA
POR LA SORPRESA.

—¡AQUILES, POR FIN ESTÁS AQUÍ!
LUCA LO ABRAZA Y LE DA BESITOS. Y EL GATO RESPONDE
RONRONEANDO Y ESTRUJANDO EL HOCICO CONTRA
SU MEJILLA.
¡Y ADEMÁS, A UNO NO LE PASA TODOS LOS DÍAS QUE
LE SALVE UNA SUPERGATA!

LUCA MIRA ALREDEDOR. ¿ADÓNDE HA IDO EL MISTERIOSO SALVADOR DE AQUILES?

LA VIDA DEL SUPERHÉROE
ES ESTA: NO HAY TIEMPO
PARA LA GLORIA Y LAS MEDALLAS.
UNA VEZ CUMPLIDO EL DEBER,
HAY QUE IRSE A OTRO LADO.

ZOE LLEGA DE SUBIR LAS ESCALERAS SIN ALIENTO.
—CEBOLLINA, SI SUPIERAS LO QUE HA PASADO...
CEBOLLINA ESTÁ RONCANDO SOBRE SU BLANDITO COJÍN.

—¡HAY UN SUPERGATO
EN NUESTRO BARRIO!

—PERO ¡TÚ QUÉ VAS A SABER DE MISTERIOSOS
SALVADORES Y DE GATOS HÉROES! SIGUE DURMIENDO,
PEQUEÑA MÍA.
Y DESPACIO, SIN HACER MUCHO RUIDO, ZOE BAJA LAS
ESCALERAS.

CEBOLLINA ABRE UN OJO Y LE LANZA
UNA MIRADA PICARONA.
—SÉ MÁS DE LO QUE TÚ CREES.

QUÉ DURA ES LA VIDA, ¿EH, CEBOLLINA?

GUIDO SGARDOLI

ES UN ESCRITOR QUE, DURANTE MUCHOS AÑOS, HA ESTADO
TRABAJANDO DE VETERINARIO.
UN DÍA, OBSERVANDO SUS DOS GATAS, UNA ALGO TORPE Y LA OTRA
BASTANTE PÍCARA, PENSÓ: «¿Y SI CEBOLLINA FUERA EN REALIDAD
UNA SUPERHEROÍNA?». ASÍ NACIÓ SUPERGATA.

WWW.GUIDOSGARDOLI.IT